オレンジ月夜

河路由佳

Kawaji
yuka

港の人

目次

I

二〇一五年―二〇一九年

Ⅱ　二〇二〇年―二〇二三年

オレンジ月夜

I

二〇一五年―二〇一九年

ルネ・マグリット展に寄せて

パイプの絵に「パイプでない」と書いてある　この世の謎の真《まこと》なるべし

（イメージの裏切り　一九二九年）

青空の下に深夜の邸宅の門燈ぼっと灯る静けさ

（光の帝国一九五四年）

不穏なる空に大きな鳥の飛ぶ形の青空ぽっかりとある
（大家族一九六三年）

予言の日

二〇一五年初夏、父が心筋梗塞で救急搬送される

「お父さん」と救急車の中にて呼べば羽虫かすかに羽ばたくような

お父さん、お父さん、と連呼する父の蕾が咲きそうだから

意識低下の顚末記憶にない父はついでのように目を覚ましたり

抜け出して何を見て来た魂か再び父の体に戻る

父の手を取らむとすれば穂ススキのように軽くてさらりと涼し

お父さん七月六日が過ぎました　死ぬ夢を見たと予言された日

大丈夫　手術に耐えた老い父の頬に朱鷺色浮かんできたり

均等法三十年

男女雇用均等法が入試にて問われおり　あれから三十年

敏感なこころ　瑞々しきからだ　就活スーツの鎧で守れ

結局は綺麗な人から内定が出ると学生　泣きそうな目で

早期退職して喫茶店を開きたる先輩の年に来年届く

春雷のように閃き居座りぬ　職場を変えるという選択肢

夕方からの卒業式

来賓として参列

卒業式も夕方六時に始まれり　都立K高校定時制

この学校がなければ救われなかったと透き通るような青年の言う

夕方より四時間学ぶ四年制卒業生の晴れ姿見よ

夕方の卒業式でピアノ弾く卒業生はプロミュージシャン

定時制閉じる決定下したる都の知事からも祝電は来る

秘密裁判

二〇一三年初夏、Y牧師宅

異教徒の我を「天使の導き」とパラオの海のような目をして

先生は百歳奥様九十七　ぽっかり浮かんだ真昼間の月

Y牧師は、一九四二年夏、日本統治下のパラオへ。

宣教のために海越えやってきた芥子粒のような心細さで

南洋は戦争中も花あふれ吸い込まれそうな海、そして空

天子より神こそ大いなるものと言いて有罪　戦争末期

傍聴人禁止の秘密裁判で嘘を言わないため花になる

まっすぐに背筋伸ばして天へ咲く　オレンジ色の花のかんばせ

ナガミヒナゲシ

アスファルトも突き抜けて咲く信念を胸に畳んでか細き背中

「戦略的外来生物」と名指しさる　信ずる神が違うばかりに

邪教とぞ呼べばためらい消え失せて抜いてゆくこと聖なる仕事

一九四五年夏

牢獄《カルブス》にいて戦場に行かぬまま世界はひっくり返り　青空

一九四六年二月、内地へ引き揚げ。

勝者なる星の国来て敗残の太陽の国　内地へ帰る

戦争中のパラオの話　百歳の先生にぐいぐいとうかがう

先生の看守の男　洗礼を受けそののちの花殖やしたり

二〇一六年四月二十八日深夜　Y牧師昇天。五月二日告別式。

新しき緑目覚むる東雲《しののめ》に一〇三歳の先生召さる

天国の優しき花との再会を祝す讃美歌　告別式に

白き花の祭壇の前に白髪の百歳の妻の「喪主の挨拶」

守られた花は痛みを知らぬ花　弾んで散って仲間を殖やす

桜色

ジャカルタの日本語劇団「ｅｎ塾」公演

インドネシアの若者たちが成りきって演ずる武士の刀の捌き

エンディングのオリジナル曲「桜よ」はニッポン復興への応援歌

演技者も裏方もみな若者で楽屋はむわっと温泉のよう

インドネシア語会話の中の「センセイ」は日本語教師の青年のこと

ミュージカルの裏方として汗をかく日本の青年日本語教師

劇場を出れば夕闇じんわりと我が身に染みてくる桜色

きっかけは雨

青梅雨の午後　まず声が小さくなりやがて体が縮み始めた

「先生、わたし縮んでいる」と訴える目をする　暴れ梅雨の窓際

降るたびに縮み続ける若者のそばで洗濯物が気になる

「違います」と教師は言うが病室と美容室、銃と自由は同じ

ゲリラ豪雨　水搔き分けて自転車を漕ぐ首筋が呼吸を始む

崩れないように座席にそっと置き実家へ送る　梅雨明けの宵

命なにもの

やわらかき空気ふくらみクチナシの香り濃くなる　雨が上がって

梅雨どきの空気しっとり身に帯びて緑陰抜けるペダルが軽い

六月の水の中より花菖蒲　すっくと立って紫開く

花菖蒲の色のさまざま茄子紺に藤色、桔梗色、葡萄色

紫陽花の玉しっかりと結ばれて中に眠れる命なにもの

真夏の祭　二〇一六年夏

秋田の血騒ぐ少年天地《あめつち》のあわいの肩に竿灯を乗す

秋田・竿灯祭

竿灯は平手で差し上げ肩に乗せ額に支えて夜空を揺らす

引力と風の力を満身に受けて竿灯担ぐ少年

奈良・燈花会

似通って谺のように離れ立つ日光菩薩と月光菩薩

争いの絶えぬ修羅場の火の神と聞く阿修羅像の清らなること

興福寺の境内抜けてなお遥か　万の蠟燭揺れる燈花会

＊

フィリピンの海の熱帯低気圧　怒り高じて台風となる

忽然と南の海に台風が三つ渦巻きおのおの不穏

台風が大陸側に逸れること願う我あり　島国の我

小石川植物園

その中で精子が発見されたという肉感的なメスのイチョウ樹

鼻をつく匂いはむんむん豊満な三百歳のイチョウの果肉

被災者や貧しき病人潤して今は昔の薬園の井戸

分類を学ぶ一画　ネムノキもヌスビトハギもクララもマメ科

巻綿を伸ばしたような秋の雲　仰げば空は球の内側

球体の空にすっぽり地球ごと包まれて点のようなわたしだ

文字のはじまり

宮城谷 昌光「沈黙の王」を読んで

声のなき王が命じて作らせた甲骨文字の森羅万象

目に見えることばを初めて創らせた殷の武丁は聾者か知れず

声あらぬ王のことばは初めての文字にて象《かたち》を得て時を超ゆ

筋力トレーニング（題詠　スポーツ）

精巧な人体というシステムのひとつ我が物、わたしのかたち
傷つけて修復させて強くする筋肉と優しさの鍛え方

穏やかな暮らしの中では使わない筋肉もたたき起こせば笑う

大胸筋ぐぐっと開きはつ夏の光も闇も深く吸い込む

アコーディオンの蛇腹のように腹側筋曲げてつぶせばいびつな和音

上り下り踏みしめて来て半世紀　大腿四頭筋よがんばれ

三千グラムの日より三キロ十キロと抱いて鍛えてきた上腕筋

綿密に組み上げられた筋肉の動き巧みに我、食べている

手話の雄弁

手話通訳を介して聾のM博士と話した。

我が声のことばの問いに美しき手指《しゅし》のことばで博士は語る

手指のみにあらず眼力、満身の力みなぎる手話の雄弁

声のことばと手話のことばをめぐらせて手話通訳の体が揺れる

手話通訳二人交互の声で聞く博士の音なき手話の饒舌

ふと皆が考え黙る瞬間の森林の奥のような静まり

指先の通訳

指点字通訳を介して盲聾のF博士と話した。

賢さと優しさ明るさ湛えつつこの人は見えない聞こえない

ぽろぽろと鍵盤を弾くように打つ指点字通訳の指先

耳で聴くことば目で見る状況のすべてを注ぎ込む指点字

指点字の同時通訳完璧でその身透き通って風のよう

盲聾の人が笑って我も笑い指点字通訳は笑わず

盲聾の人へ届ける声、光、指先の体温と汗ばみ

通訳の方へ体を傾けて読み取るべきは指のみならず

指点字通訳の指離れたら消えるとぞ　音も光も人も

休憩になれば通訳立ち上がり一気に飲み干す晩夏の麦茶

ハスキーな産声

生まれたる人男《お》の子にてその父に似たハスキーな産声上がる

天地ぐらりと傾くごとし　ほかほかの我の血を引くみどりご抱けば

この星の誰もが誰かの孫であること温かくこの子我が孫

賑やかにみどりご生まる〈孫〉と言うみなさまの言うおそろしきもの

待ちきれずひと月早く生まれ出て小さな手足ぶんぶん振るう

意外にも手足すらりと長く伸び生まれて二日目ののびをする

みどり子を抱く腕太くほっそりとした少年の面影おぼろ

星好きの息子夫婦は悠長で八日目にして子の名決まらず

＊

誘われて我が初孫の宮参り　かしこみかしこみ祈禱を受ける

お宮参り記念写真のスタッフが「おばあさま」と呼べり　わたしだ

初めての国（題詠　枕詞を使う）

ちはやぶる神代の御子もかくこそと今し天地を啓く産声

青丹よし奈良に白衣の研究者行き交う先端技術大学

玉の緒の絶えて久しき音信の病篤しと人づてに聞く

草枕旅の異国で目の合いて二十年目に会いてそれきり

久方の光静かな秋の暮れ九十八の祖母息を引く

たまくしげ開けて噴き出す煙払い払いて見ればみどりご眠る

ぬばたまの夢にむかしの人立ちて「ずっと待ってるからね」と言えり

うつそみの人なる我はその胸に耳当てて鼓動感じてみたし

朝露の起きて目をあくみどりごの初めての家初めての国

羽化登仙

父は五十代で糖尿病に罹患

高度経済成長期なりき　深夜まで働いて食べて父発病す

能面の翁さながら頬瘦せて父は鋭き眼光保つ

病む父の細き足先震えつつそっと九十代へ踏み込む

糖分も油も塩も気をつけて父の掬える雪のひと匙

風前の命幾たび救われて父やわらかき卒寿のひかり

煩悩や欲はさらさらそぎ落とし父は折り紙細工の軽さ

ガラス器を布団にそっと置くように車椅子よりベッドへ父を

かさかさの体で薄氷踏み渡り九十歳の岸に立つ父

羽ばたいて父仙界を行き来する　痩せてゆくこと受け入れてより

天寿全うするとは完全燃焼の炎細りて消えてゆくこと

朝食にひと椀の雪をいただいて父は俳句の添削をする

あくまでも医師の指導に忠実に生きて九十　長病みの父

竹細工のような軽さの老い父を車いすから書斎の椅子へ

きっぱりと問い合わせする老い父と銀行員の言かみ合わず

転倒と低血糖を畏れつつ父は静かに麦茶をすする

たまさかにふわっと浮いて瓢簞の表情をする　卒寿の父は

広げれば羽化する父の細き腕　閉じてこの世にとどまっていて

生き継ぐ命

ギリシャ語に「命」は二つあるという　一人の命《ビオス》、生き継ぐ命《ゾーイ》

三十八億年を遥かに生き継いで今、束の間の私の時間

我となる遥か以前にこの命　羽毛生やしていたことがある

みどり子は我が生き継ぎし生命を次の世紀に運びゆく船

午後のおしゃべり

NHKラジオ番組「私の日本語辞典」の収録

準備をせずに来よと言われてスタジオへあれこれずっしり担いで向かう

先生のような老アナウンサーと何だかなつかしい初対面

スタジオはアナウンサーと二人きり　どこかの誰かを意識しながら

NHKアーカイブスに残ると聞く　生前の我の午後のおしゃべり

三十分のラジオ番組五週分、一気にしゃべって収録終わる

奥様の介護のためにすぐ帰るネイビースーツのロマンスグレイ

ふた月後　ラジオのわたしのおしゃべりは昔の人にも届くだろうか

ある日

若きらの半分食べれば足る我ら　ひょいと遠くへ行けそうである

スマートフォン忘れて今日は「連絡のつかぬ人」なり　夏空の下

移動中ふと思いつきあれこれを思い出す　スマートフォン忘れた日

夏の東北　二〇一八

高台に白人青年棒立ちで吸い込むか、吸われるか松島

繁栄の細倉鉱山燃え尽きて癒えてマインパークとなりぬ

鉱夫らが富ませた時代も人も去り、夏の家族が坑道巡る

子どもだけ土器の棺の中にいる　山内丸山縄文の墓

津軽湾鈍色になる夏の宵　ねぶた祭りの道へ繰り出す

ねぶた師の父と娘の競作の娘のねぶたに北斎お栄

昔海に流ししねぶたの締めくくり　今はこの世の重機がつぶす

日本現代詩文学館

北上の町のはずれの文学館　なみなみと詩を湛えて静か

この国に滾滾と湧く句集歌集詩集を余さず汲む志

北の旅果てて羽田の雑踏に帰りてほっとするにはあらず

コトリ

手のひらに十七グラムのコトリ来て珊瑚のような足あたたかし

恐竜より進化し分化した果てのコトリ　緻密でこの軽きこと

我が卓の書類の端にコトリ来て　飛べるのに飛ばなくて落ちそう

十月会（題詠　十）

超結社の短歌研究会、十月会の創立は一九五三年

歌びとら秋の詩情を纏いつつ集う十月会の総会

六十五年前の創立当初より十月会には蒔田さくら子

戦後なる貧しき秋も銀杏は熟し十月会生まれたり

草創期の会費は無尽　助け合い順に歌集を出すメカニズム

永遠の「未刊」となりぬ　十月会シリーズ高瀬一誌歌集『冬』

六十五年目の十月会　解散の危機は何度も呑み込んできた

観月歌会に続く十月会総会　宴会になだれ込み歌談義

昔の着物

久しぶりに見ればまぶしき若やかさ　変わりしは我、着物にあらず

我は変わり着物変わらず　否、我は変わらず着物を変えねばならず

中年を過ぎた今こそ纏うべき色とぞ　渋い複雑な藍

ホノルルの夕陽

戦前のハワイの日本語教科書に「よう泣くの、何したけ泣く」

さとうきび農家の日系移民らの消えて無人の豆腐屋、床屋

日本より実入りは良くて寒からず　働いて働いて働いて帰れず

日系人の不撓不屈を支えたる「OKAGE《おかげ》　SAMA《さま》　DE《で》」という合言葉

いぶし銀色に輝き小波の静かな朝のパールハーバー

日系人墓地に花輪を供えいる人に日本のことば通じず

日米戦ありて日系移民らの心千切れてことば少なし

ワイキキの海へとろとろ陽が沈む　とどめようもなく溶けてゆくなり

どろどろの太陽海に落ちきってワイキキビーチに拍手轟く

ホノウリウリ　ハワイの強制収容所　切実に短歌詠まれしところ

桜大樹の

二〇一九年二月二十四日。ドナルド・キーン先生逝去

如月の朝なり　花に先立ちて桜大樹の命ふっつり

ニッポンドットコムに記事を書いた

先生の写真を選びにうかがって仕上げて三日目　訃報が届く

この春も桜の下で先生は両腕広げて笑むと思いき

先生の好きな黄色のカーネーション　笑顔の写真に捧げて寂し

健やかに

四捨五入して九十の父母義父母　夏の暑さを口々に言う

父母義父母四人健在「健」の字を四方八方から引っ張って

老い父の塩分糖分控えめの「刻み食」にて色あい淡し

患いて三十年を老い父の節制厳しく嚙みしめて呑む

甘いもの見向きもせずに粛々と命のための父のスプーン

神さびた翁の面の父の息健やかに吸って吐いて眠れる

さらさらと小川流るるごとく母　忘れては何度でもびっくりす

九十の父に言われて我が植えしトマトぽちぽちどこまで灯る

八十八の義母へ九十二の義父がスプーン運ぶ姿を見たり

何かほどけて仲良くなりぬ　九十が近づいた頃父母も義父母も

老師のおしゃべり

S先生からの電話は長い

お元気でお美しい九十の師匠の毒舌　止めるすべなし

九十の師匠のおしゃべり受話器持つ我が指先の冷えてくるまで

そのかみの知性理性の頽《くずお》れてゆくさま語る師匠の孤独

「もう死ぬ」と師匠は言えり「六分の一しか食事が食べられません」

パラオの月・奈良の月

青空に黄の満月の旗かかぐ　透きとおる海に生まれたパラオ

ニッポンの台風の夜は真南のパラオの海も山もどしゃ降り

（パラオ）

ステージの照明明るすぎないか　葉月パラオの満月の下

＊

資料求め奈良へ急いだ一日が暮れ中秋の名月に逢う

（奈良）

ふと奈良の旧き茶席に流れ来し我あり　令和の名月の夜

秋の薔薇園より

天高く匂い立つ秋の薔薇園を抜けて港の文学館へ

教職員リレー青組　貧相な中島敦先生走る

生徒らをくすぐるジョークを言いながらちりちりと胸の奥か焦げつく

書きたくて書ききれず命断たれたる無念の体は抱かれて帰る

中島格氏

「のぼちゃんじゃなくのちゃぼん」と正さるる　遺児の格氏《のぼる》八十歳に
パラオ日本国交二十五周年　あまた集える中にのちゃぼん

キャンパスの森

東洋大学川越キャンパス

早朝のキャンパスの森　こもれ陽は薄い擦りガラスの板のよう

こもれびの森の奥なる教室はタッチパネルで未来が見える

木の葉はらりと舞い込むごときメール来る　窓という名のパソコンの中

II

二〇二〇年—二〇二三年

透明な水

二〇一九年十一月二十七日　義父永眠。享年九十三。義母は八十八歳。

この世のものとは思えないほど美しい夕焼け　母一人が残されて

父なくて広く明るい夫婦室　父が遺した母の空間

薄紙をそっと重ねるように母生きているなり　風防ぐべし

目と手元まだ確かなる母に頼む　来年の冬のためのマフラー

「はんなり」と金の文字ある朱塗り箱に母の編み棒・手芸の道具

来年の冬なら時間はたっぷりある編もうと命揺らげる母が

悲しみや悩み苦しみ濾過されて母に滴る透明な水

ワイキキの虹

ワイキキの晴れた空から降ってくるいつか誰かがこらえた涙

夭折のカメハメハ王に跡継ぎはあらず　ぽたぽた晴れながら降る

ハワイ王家の至宝に満ちた博物館　アメリカがねっとりやってくる

原色の南の鳥のミツドリの赤と黄　ハワイの王族の色

ミツドリの赤より黄色は希少にて最も高貴なマントはまっ黄

沖縄部門が日本部門の外にあるハワイ大学アジアコレクション

ハワイ大学書架に沖縄語英語辞書、ハワイ語英語辞書の並びに

ワイキキのホテルに眠る深更に男の長い悲鳴いく度

天気雨晴れて朝《あした》のビル街にうわんとかかるワイキキの虹

昼下がり二つめの虹目撃す　朝の虹とは逆の山側

夢遠ざかる

太陽に似ているというウイルスの日差しあまねし　二〇二〇春

一年延期決定

どこか夢のようではあった二〇二〇東京オリンピックの夢遠ざかる

ウイルスに心も悪意もなきものを　心あるがに萌ゆる新緑

ひたひたと町に広がるウイルスと忍びの「自粛警察」の息

無症状の人がウイルス運ぶとぞ　誰もマスクをしてすれ違う

ウイルスは外にいるのか内なのか　わからぬ我は閉じ込めるべし

国ごとに都道府県ごとに累々と　昨日の感染者数と死者数

ご近所の我らの頼りの病院が集団感染とぞ　封鎖さる

キャンパスは原則閉鎖　ばらばらの教員のオンライン授業研修

不要なるもの絞り切れ　コロナ禍の昼間に励む腹筋運動

一心に三十回のスクワット　邪念・ウイルス身に帯びぬよう

コトリ（その2）

十七グラムのコトリの胸に生《あ》れしものやがて花咲くようにふくらむ

手術終え眠ったときの健やかな息、今朝あらず　コトリの形

プレゼント用の小さな紙箱にもう動かないコトリ眠らす

十薬の花盛りにて厳かな狭庭《さにわ》の隅にコトリの墓標

*

悲しみを克服せよと贈られしビタミンカラーの赤ちゃんインコ

親鳥のくちばしに似たスプーンより小刻みに声たてて啄む

南《みんなみ》の花に紛れる保護色の赤ちゃんインコの黄色鮮やか

感染防止

長テーブルみなで囲んだ二次会は飛沫を真っ赤に浴びていたのか

場所決めに難航していたミーティング　オンラインにてすんなり運ぶ

オンライン会議はそれぞれ自室から　猫過《よ》ぎったり子ども泣いたり

感染者の多い東京から来るな、帰省もしない、と、この夏会えず

東京は真っ赤に塗られ封じらる　梅雨晴れの青い空の真下で

東京・世田谷区

我が街は感染者数の多い街　憐れまれたり嫌がられたり

パソコンの画面に小さき老い父と面会す　感染防止は大事

曼殊沙華

精巧な曼殊沙華の赤パンパンと打ち開き秋の風透き通る

夭折のコトリの眠る一角に白き曼殊沙華の十五ほど

曼殊沙華　花火のような花過ぎて葉の出るまでを棒立ちの茎

鎮火して茎のみ残る曼殊沙華　秋の光を浴びて背伸びす

尖端に煤けた花の燃え殻をつけてすっくとひと筋の茎

剪定ばさみ持つ手伸ばして怯むなり　生一本なる丸腰の茎

遥かなる花の麗姿をつゆ知らず直ぐに伸びたり曼殊沙華の葉

曼殊沙華の葉の濃緑のたくましさ　告げねば花を恋うことあらじ

カメラオフ

「聞こえますか」とカメラに問えばモニターの黒い四角が手のひらを出す

カメラ越しに語ることばが受け手まで届いていない疑い兆す

カメラ見て独りで授業をする我は慈悲の光に包まれている

九十人の受講者の顔知らぬまま二〇二〇年度の講義果つ

疫病が地球遍く席巻す　グローバル時代なれば瞬時に

オンライン研究会はカメラオフ　姿かき消し参加してみる

カメラオフにすれば私は透明で四方より本がひゅっと集まる

聞きながら部屋いっぱいに膨らんでリフレッシュする　カメラオフ良し

オンラインツアー

末っ子に書く年賀状　疫禍にて往来叶わねばもどかしく

大自然を守る叡智の逞しくパラオの感染者はゼロのまま

感染者ゼロのパラオの戦跡をガイドと歩くオンラインツアー

緊急事態宣言下のミニチュアの町　ミニチュアの自転車で突っ切った

駅裏の小料理屋街シャッターも瞼も閉じて蒼然暮色

味も香りもない枯れ色のコーヒーを飲む夢　外出自粛の夜に

迷子のように

頼みますと頭下げたりうるさいと睨みつけたり　母はわたしに

「悪いところ全くない」も「全身が病気まみれ」も母の真実

老母ふと失せしことあり　スーパーへ我を探しに行ったと言いき

「お母さん」と迷路のごときスーパーで老い母探す　迷子のように

月明かりの母へ

子どもたちがとりわけ世話になった義母

コロナ禍の施設の空気はり詰めて面会の叶わざりし半年

耳元で呼べば大きく目を開き昔の母が戻ってきたり

幻の幼い孫に「またおいで」半分神の目をして母は

加湿器と空気清浄機止めるべし　母が唇動かしている

向かい側の桜並木がよく見える　母の選びし最後の居室

来月の開花予報の話する　あと数日と言われた母と

間に合った末の息子が「ありがとうございました」と消えゆく母へ

今年の桜は早いんだってと言えば母　きらっと光りそれっきりなり

下あごを上下させつつ一心に母はこの世の空気を集む

息吸って止めて二度まで吹き返し三度目母の息引き取らる

二〇二一年三月六日午後三時、義母永眠。享年九十

今し息絶えたる母に月明かり射したるごとし　何の明るさ

まだ温き母の遺体の上腿の手首がほどの細きを拭きぬ

氷枕を抱いてこの世の高熱に耐え耐えかねた母冷えてゆく

亡き母のタンスの奥より現れし桜色した手編みのスーツ

さくら色のスーツを最後に着てもらう　花より早く逝きたる母に

早咲きの啓翁桜　母眠る柩を巡り春を呼ぶべし

コロナ禍の母の葬儀は家族会　桜づくしの花ほしいまま

お別れの手紙

鈴木孝夫先生より

コロナ禍でお招きする日を延期した先生から「お別れの手紙」

体力が尽きた治療は断った発とうと思うと老師の手紙

最期だと覚悟を決めた先生に会いたいけれど疫禍の二月

「老衰です　明るい気持ちで参ります　どんなところかお楽しみです」

生ききった九十四年の最期まで天衣無縫で軽妙洒脱

黙食

感染防止にぴりぴり日に日に痩せてきたホーム長より辞職の知らせ

冷蔵庫が電気が水が十分に使えぬ地域のワクチン如何に

マスクした学生たちに無彩色・無地が目立って多いはつ夏

アクリル板に仕切られ「黙食」指導され我慢比べの初夏の学食

空へ（題詠　空・天体に関する歌）

お別れの挨拶をして外へ出て仰いだ空の広かったこと

秋の空高くて日差しやさしくて　我は弾けて飛び出した種

青空は雲の合間に見えていて　ぼたっと大きな雨粒落ちた

梅雨明け

梅雨前に更地になったご近所が夏は緑の箱庭のよう

緑たちまち庭を席巻するように全身に転移するもの母に

いつか来る誰にでも来るそのときが梅雨明け母を待つかもしれぬ

覚悟とは何すべきなる　覚悟せよと初めて諭されしは二年前

日一日五輪近づく東京の感染者数は増加の一途

「コロナ禍に勝った証」の五輪など不可能な人類と知るべし

食欲の細りゆく母に夏が来て「アイスクリームが食べたい」と言う

何かあれば早いと言われている母が発熱、痛みに耐える梅雨明け

五輪直前、広がりやまぬウイルスと母の病む細胞の塊

「今度帰ったときに」とこの世であり得ない未来を語る母　楽し気で

被災者ならアスリートなら患者ならどう考えるコロナ禍五輪

茜に染まる

ともに聞きし雪降るごとき宣告を母は溶かして呑んでしまえり

覚悟せよと医師より電話　駆けつけた我に「風邪だと思う」と母は

母の腫瘍の数値は機械の上限に達し測定不能と言わる

最後の日々をそばにいること許されて何度呼んだだろう「お母さん」

コロナ禍の東京五輪の実況を　死にゆく母とときどき見たり

「ああおいしい」と母は仰いで飲み込んだ　梅酒ひと口　十日ほど前

我を見て亡き祖母が来たと思ったと臨終の母は娘の顔で

色白の母がまるごと黄に染まりとどめようもなし　奪われてゆく

「お母さん、わたしいるよ」と我が言えば「お母さんも」と最後の息で

「みんないる。私も行くから安心して」と母に言う　死はもうすぐそこだ

死に近き母の手足の冷たくてさすって包んで温めきれず

さする我に「ありがとう」と母は言い、頭が枕の右にすべった

二〇二一年八月七日午後一時　母逝く。享年八十七

母の頭を枕にもどす我が両手いや全身が死に触れている

我が腕は重み確かな母もろともしっとりと今死の側にある

熱が出た下がったと我がてのひらで確かめた母の額冷えゆく

生きている我は母から手を放しスタッフと医師を呼び父を呼ぶ

医師が来て死亡診断下されて母はこの世の遺体となりぬ

九十三の父は涙を浮かべつつきらりと言えり「喪主はわしだな」

今絶えし母の黄疸切なくてファンデーションを塗り紅《べに》をさす

海に陽が落ちてゆくさま見るように母を看取りて茜に染まる

*

葬儀屋が「大丈夫」という「お母さまのお化粧、専門家がいたします」

うら若き死化粧師のわざ鮮やかで　母は眠れる貴婦人となる

柑橘類の香りどこから来るんだろう　死化粧をした母はきれいで

*

「お母さん」とわたしの中に呼びかけた。数えきれない母が振り向く

ワクチンを母受けざりき　一度目の予約日発熱二度目は死亡

母の遺した弦楽四重奏曲を聞きながら母の夏服たたむ

無、だから

「空は五月　わたしはこれで十分だ」と詠みし父、母を送りて沈む

九十三の父は古武士の面持ちで「もう点滴はいらない」と言う

父かっと見開き我の目を見据え言い含めたり「もうすぐ死ぬぞ」

「それはだめ、絶対だめ」と全力で老父のことばを遮っていた

父の俳号は、世古諏訪

九十三の父の絶詠「十一月　白い船来る　どなたかしら」

神有月に来る白い船　神さびた白髪の父を誘き寄せるな

渾身の力で父が自らの酸素マスクを外すたび、戻す

ははそはの母一陣の風となりちちのみの父誘いにきたか

母の死へ傾いていく父の命とどめようなく手放した宵

「ずっとずっと、ありがとう」と頭を下げた　父は、ほっとしたようだった

穏やかなお告げのように「死は無だから死んだら忘れていいよ」と父は

父はいま眠った顔で生きていて規則正しく呼吸している

一分に二十五回の口呼吸、老父の正しいリズム有限

夏逝きし母のこと父と語りつつ年末まで泣こうと決めたのに

二〇二一年十一月十五日未明（午前一時半）父　命終。九十三歳。

「白い船」の色紙が辞世の句となりぬ　九十三の父の丸い字

病に敗けた母と病に打ち勝った父　相次いで鬼籍に入る

「死なないで、お父さん」と何度願ったろう　九十三まで叶えてくれた

夏に母、晩秋に父を火の中へ送って待った　骨が鳴るまで

還暦を祝ってくれた父母《ふぼ》の死に声上げて泣く　初《うい》の子われは

骨だけを残して父は消えたけど鏡の我に父の面影

薄焼きのお菓子のように繊細な白いかけらを分骨壺へ

両親を亡くしたわたしに先輩は「そのうち夢に来てくれる」と言う

死の後は昔の死者に会えるなど信じられねば救われがたし

「無になった死者はどこにも来ないよね、お父さん」って誰に言ってる

金のひとひら（題詠　金）

精錬所で金を作っているのだと昔むかしの父は語りき

元旦は大小四つの金杯に父が注《つ》ぎゆくお屠蘇の香り

その日父より「持参金」だと贈られし純金のネックレスの重たさ

我が贈りし鉢から庭へ亡き母が移し植えたる金柑たわわ

母名義の貯金父より多かりき　企業戦士の父の騎士道

死に給う父の額に伸びすぎた銀の髪金の髪を調う

金曜の午後父の身に異変あり月曜未明まで呼吸あり

父の息ふっと絶えたる一瞬の空にきらりと金のひとひら

実家断捨離の記

父の帰りはいつも遅くて妹と母がわたしを待っていた家

この部屋で手紙を書いて勉強してぽろぽろ零れて大人になった

我が喜び報告すれば父喜び母は冷ややかなることありき

未使用の色紙、短冊、筆残し　新作を書くはずの父消ゆ

楽しみに亡母が苗より育てたるユズの木八歳　実をつけぬまま

靴箱の奥にぐっすり眠っていた母のフェラガモのハイヒール

亡き母の引き出し眩しき光あり　大事なものは使わなかった

母の日のいわさきちひろのマグカップ母の形見として取り返す

遠い誰かに使ってもらえますように　父母《ふぼ》の衣類や食器を託す

父母《ちちはは》の庭の南天・酔芙蓉・辛夷・柊　写真に残す

実家の柘植、木蓮、椿、根こそぎに荷台に積まれ行ってしまった

音もなくＵＦＯ降りてきたように朝からショベルカーが来ている

地震にはあらずわたしの骨格を揺らし実家に重機が刺さる

若葉の道を

三年目の連休　やっと綻んだ若葉の道を息子が帰る

制限の解かれ青葉の若者が夜行バスにて帰ってきたり

母二人失せて詮なき母の日に息子たちより『街路樹図鑑』

はつ夏の緑の饒舌黙らせて卯の花の純白降り注ぐ

花心までオレンジ色のキンセンカ　あの日諦めなくてよかった

天を向きひらり四弁《しべん》の白花が真《まこと》を明かすハナミズキの木

制裁下のロシアより

若かりし父母《ふぼ》ここに立ち将来を語っただろう　実家の跡地

コロナ禍の濃霧の中に輪郭のぼやけて父母の失せてしまいぬ

人肌の風かなたより吹いてくる　父母亡き実家の跡の更地に

譲られたわたしの更地　正面に桜大樹の緑重なる

はつ夏の風に大樹が騒ぎ出す　葉の触れあってぶつかりあって

昭和の日憲法記念日みどり濃きかなたに真っ赤な血と火の匂い

殺戮の指令続ける一名を止められぬ我ら七十億名

戦争の悲劇の記録も反戦の誓いも殺されてはたまらない

戦争をやめない北の大国の元教え子が母親になる

「大丈夫、幸せです」と赤ちゃんの写真　制裁下のロシアより

真夏のツアー

職場まで徒歩三十分

汗ばんで徒歩通勤をする我を颯爽とかすめいく冷房車

真夏日にからっぽのバスやってきて乗れば避暑地の高原のよう

爽やかな冷房車内の椅子席で職場前まで十五分ほど

透明な板で仕切られマスクしてマイクに向かう　届けわが声

＊

新宿と富士山麓の霊園を結ぶ真夏のツアー満席

にっぽんの富士山麓の一点に父母の骨壺二つ並べつ

四十年待ちくたびれた空洞に主《あるじ》の父と母ふた柱

若き日の父何思い求めたる墓地か　長寿の二人葬る

富士山麓の墓苑を歩くこの体　わたしの容れものなのかわたしか

父母《ちちはは》の体亡びぬ　この墓地《ぼち》に思い出のほか何偲ぶべき

父と母この世にありてコロナ禍の収束願ひし去年《こぞ》の七夕

復活

二〇二一年度に部分的に復活した教室での授業が二〇二二年度にはほぼ全面的に復活した。これを「対面授業」と呼ぶ。

教室に色とりどりの花集い絶えずそよいでいる三限目

「家電《いえでん》」に似てそれまでの一択が選択肢となる「対面授業」

キャンパスに来るのが怖い青年のため用意する授業の録画

一周忌の夏

懐かしい人から一周忌の花の届く　八月七日の朝だ

一周忌の花を受け取る　昨年の母の命あと二時間五分

母の死を受け入れられない父がいた　去年の今頃私のそばに

三か月で父の一周忌も巡る　短くて長かった三か月

母の忌にいただいた白い蘭の花　三週間目に死相の兆す

＊

母の忌の過ぎてひたひた父の忌が近づいて来る　夏から秋へ

五歳下の母が先とは「百パーセント思わなかった」と父呟きき

「死にたい」と父は言いしよ　母送り終えて気魄の弱りし我に

母も父も　私の傍で温かくやがてゆっくり鎮まりました

＊

「見て、見て」と小さな孫からテレビ電話　子どもの頃に見た夢のよう

小学生の我の夢想のフィナーレの「おばあちゃーん」と呼ばれ振り向く

「おばあちゃん」の平均余命三十年　ここからが夢を超える現実

グズベリーとウニ丼

北海道開拓の意気　洋館に漆喰職人の華麗なこて絵

明治期より拓かれてゆく北海道文学館の展示を辿る

（豊平館）

彗星のように現れ駆け抜けた北海道の北斗とふみ子

（遠星北斗と中城ふみ子）

札幌のホテルの朝の酸っぱさはグズベリーとう地元の果実

幽鬼の街、小樽に夏の海の風　アイヌの怪談　和人の奇譚

コロナ禍の三度目の夏　余市ではつばめタクシーだけがタクシー

昔アイヌの集落だった　川沿いを余市のドライバーが指さす

アイヌ町と呼ばれたという大川町　北斗が生まれて死んだふる里

令和四年夏の余市の土曜日のビーチは親子連れでいっぱい

シリパ岬を望む余市のとれたての甘いオレンジ色のウニ丼

ソーラン節発祥の地の余市では「ニシン来るか」と今後を探る

洞窟の壁一面に刻画あり　翼持つ人　角のある人

フゴッペの洞窟刻画の発掘は出れば出るほど謎の深まる

偽刻説は偽りなりき　続縄文時代の刻画のまこと見るべし

ほしいまま摘んで食べよと放たれつ　余市の観光果樹園の夏

伊達巻一つ

義父母父母みな送り子らは独立し　キーボード打って越す大晦日

夫と我二人でこもる新年は黙って仕事をしながら明ける

二回目の新年からっと明けました　祝う気持ちにまだなれません

元日のスーパーに来て割引の栗きんとんと伊達巻ひとつ

枝枝に青い新芽の百万が出番を待っている年はじめ

元日の街に静かな陽の光　新芽を仕込む木々を見守る

三日月

コロナ禍の徒歩通勤の路地裏はマスク外して大股でゆく

親友も親兄弟も斬り捨てる大河ドラマの人間くささ

人間らしさとは何ならん　殺人は古今東西人間の業

殺人が罪であるのは穏やかに花の咲いてるときだけのこと

〈正義のために爆撃せよ〉という声のいつも何処かで渦巻いている

戦争の世紀が明けたと誰が言いし　二千年代煙霧に迷う

無になるときっぱり消えた父の目がわたしを見ているような三日月

青空に映る黄色い犬

ドナルド・キーン先生の墓参

はじまりは平安以前　先生が寿陵を建てた安らかな寺

ふかふかの二月の空の青の下　黄の足跡が墓石に至る

先生の鎮まる方へ透き通る黄色のガラスの犬の足跡

コロナ禍の直前でした　先生がふっとこの世を去られた二月

先生の御身とともに深遠なデータベースが失われた日

青空に映る黄犬《きいぬ》の平和への祈りと戦争への憤り

季節ごとに姿を変える桜樹の枝ぶりの下　先生眠る

境内の桜の芽吹きはまだ先の墓前に啓翁桜を手向く

先生が眠られて後地球には戦火再び　疫禍広がる

黄色い犬に姿を変えて振り返る先生の花のような微笑み

更地になった

鈴木孝夫先生墓参

海面に飛び出しているクジラの尾　黒々と先生の奥つ城

クジラの尾蝶に似ていて解けた謎　先生は得意げに語られき

*

建て替えたほうが安全だと聞いてがっかりしたか　父母《ちちはは》の家

もろもろの悲しみ拭い去るように実家の跡が更地になった

一年半過ぎて着てみる亡き母のクリーム色の花のブラウス

言わなかったけれど折々「可愛い」と思った　ベッドの母のはにかみ

実家だった隣地に楚々と建ちあがる　実家と呼ぶこと能わぬ新居

最期まで父の手元にあった辞書電池を入れ替えても光らない

相次いで父母《ふぼ》見送ってわたくしは浜に戻った浦島のよう

オレンジ月夜

胸厚きスーツの若者立ち止まる　ひな祭りケーキ特設売り場

菱餅にひな人形が乗っているケーキ抱きとる若者の腕

喪主欄に〈父〉という字が泣きそうな春の訃報は若き同僚

きっぱりと簡潔すぎる訃報にて思い出胸にことば呑みこむ

二〇二三年三月七日　午後六時前

帰り路の東の街のシルエットすれすれに美味しそうな満月

暮れなずむ弥生の空の真東にオレンジ色の満月香る

〈渇くなら食べていいよ〉と正面でオレンジ顔の満月が言う

〈大丈夫、すぐに次のが出せるから〉アンパンマンみたいな満月だ

自由の行方

訊くたびに違う答えをポンと出す対話型ＡＩの軽業

変身用ベルトをつけた五歳児が「こんな世界変えてやる」と真顔で

可愛いにも程があるサクランボ柄　外出しない休日に着る

子どもなど持ちたくないと二千年代生まれが口をそろえる真昼

不自由になるから子どもはいらないと言う若きらの自由の行方

荷物（題詠　荷物）

その昔預けて忘れかけていた荷物と記憶取り戻すべし

倉庫より荷物回収　整理せず死んではいろいろまずいと思う

いつの間に荷物子を生み孫生まれ段ボール箱が増えて戻り来

託された形見にこもる情念の肩にめり込む荷を下ろしたし

父母《ふぼ》の遺品のみか自分の溜め込んだ荷物も整理せずにどうする

決意せよ　荷物を解いて譲る売る寄付する捨てる大切にする

令和のオンライン研究会

「赤ちゃんが泣くからちょっと中座します」オンライン研究会講師

講師授乳の間を司会者が解説でつないでズームの運び滑らか

スライドの奥に聞こえる赤ちゃんの声が気になる　旧世代われ

幼子を預けて学び働いた傷うずく我ら　口噤むべし

赤ちゃんの世話をしながら講義する夢の講師に集中できず

旧世代の「働く母」のやせ我慢　笑い飛ばされそうな空気だ

保育園行事のために休むとは言えざりき　二十世紀の我は

長い夏過ぎて一瞬秋の空　入ったことのない店ばかり

一念

都会人土岐善麿の生地なる浅草　明治のモダンは遥か

浅草・等光寺は土岐善麿の生家

田原町の駅から五分、お彼岸の読経の声のする等光寺

建ち並ぶ中に等光寺はありて門をくぐれば啄木の歌碑

明治十八年の浅草等光寺　次男善麿　誰《た》が腕の中

少年の善麿に父「湖月の子どもゆえ友をつけ湖友はどうだ」

土岐湖友と名のりし善麿二十歳《はたち》にて儚き人への恋歌多し

寺を出て亡き父の書をトルストイに換えて哀果に変身したり

『創作』に哀果が独り始めたる三行書きに啄木唸る

震災で焼け出されたる善麿の新居は町はずれの下目黒

当時、下目黒にはガスも水道も通っていなかった。

人力車で新聞記者の善麿が帰った道を東急バスで

善磨は、下目黒の自宅を「斜面荘」と名付け、終の棲家とした。

善磨の「斜面荘」の跡訪ねれば広し　高級マンションの建つ

「斜面荘」跡の隣りは大使館　フランク永井御殿の跡地

等光寺の裏の墓地にて対面す「一念」と書く漆黒の塔

妻の墓おのれの寿塔に「一念」と　戒名受けず俗名書かず

「一念」は〈一瞬〉そして〈一筋に思うこと〉タカと善麿の墓碑

月

真夏日の更けて都会の紺鼠の空に真白き十三夜月

あとがき

還暦を父母、義父母に祝ってもらったとき、こんな幸せが続くはずがないと思った。そのとおり、二〇一九年秋に義父、新型コロナウイルス感染拡大中の二〇二一年三月に義母、八月に実母、十一月に実父が消えていった。コロナ禍にもかかわらず、施設のみなさまのご配慮で、最期の時期をそばで過ごして看取ることができたのは、ありがたいことだった。わかっていたことなのに、寂しさは限りなく、私は泣いてばかりいた。

コロナ禍で公共交通機関の使用を控えることが勧められて以降、

三十分ほどの徒歩通勤を励行している。朝夕、東西に一直線の国道を歩く。二〇二三年三月七日の午後六時少し前のことだ。自宅に向かって東へ歩き始めたら、真正面の街のシルエットすれすれに、妙に大きなオレンジ色の月がぼわんと浮いていた。瑞々しくて、いかにもおいしそうだった。するとし「食べてもいいよ」と言う。「乾いてるなら」。びっくりして見つめると、「食べたほうがいいよ、乾いてるんだから」と言い直した。あなたはお月さまでしょう、ダメですよ、食べるなんて滅相もない、と心で言うと、「食べても誰にもわからないから大丈夫。安心して。すぐに次のが出せるんだから。いくらでもあるんだから」と言ってくる。私はなんだかおかしくなって、この瞬間、どうしようもない寂しさに区切りをつけることができたのだった。

アンパンマンみたいだと思った。アンパンマンはおなかのすいた子どもにアンパンでできた自分の顔を食べさせる。そして、新しいアンパンの顔でまた活躍する。その記憶が、私にあのような幻想をもたらしたのか。

半年ほどたって、いや、あれは親鸞の「ご述懐」の影響かもしれない、と閃いた。土岐善麿は新作能「親鸞」で、『歎異抄』の「御述懐」を至高のことばと敬っている。

弥陀の五劫思惟の願をよくよく案ずれば、ひとへに親鸞一人がためなりけり。されば、そくばくの業をもちける身にてありけるを、たすけんとおぼしめしたちける本願のかたじけなさよ。

ということばがそれで、現代語訳をしてみるなら、「阿弥陀如来が、五劫という途方もない永い時間、思案を凝らした末に、立てて下さった念仏往生の本願の意味を、よくよく考えてみると、ただひとえにこの親鸞一人のためでした。思えば、それほどの業を持つ私でありますのに、助けようとお思いになった本願の、何とかたじけないことでしょう。」ということになる。善麿は、「このことばのすばらしさ、その深さ、大きさ、広さということ〔中略〕無量光、無量寿ということが感じられてくる。その無量光は空間、無量寿は時間、そうした表現におきかえて、ぼくはじぶんのからだを世界の中に、宇宙の中においているように思うのである。（『杜甫門前記』「私との対話」）」と書いている。「親鸞一人がため」ということは、すべての一人一人のため、に通じるのだという。

新作能「親鸞」を理解したくてこの善麿の感動に近づこうと努め、やっとの思いで論考をまとめてから、*ちょっと離れていたのだが、あのオレンジ色の大きな月は、「ご述懐」に関係がありそうな気がする。涙の涸れた私を救ってくださった、私のためのオレンジの月。乾いた人には誰にも等しく与えられる瑞々しいオレンジ月。

五冊目の歌集にあたる『オレンジ月夜』は、前歌集『夜桜気質』

＊河路由佳（二〇二三）「土岐善麿の新作能〈親鸞〉をめぐる考察――浄土真宗の能としての成立過程と「生活派」土岐善麿の思想」『武蔵野文学館紀要』十三号、五三～七九ページ

のあと、二〇一五年から二〇二三年の既発表作品の中から、五二一首を選んで編集した。「新暦」「十月（十月会レポート）」「舟」に寄せた作品が主だが、「短歌」「短歌研究」「詩歌句」「うた新聞」「現代短歌新聞」「短歌総合新聞　梧葉」に発表した作品も含まれる。編集過程で全体を見直し、修正を加えた。第一部はコロナウイルスの感染拡大前、第二部は感染拡大後の作品で構成した。この歳月、両親のほかにも偉大なる先生を送り、全体に死を悼む作品が多かった。そんな中で孫の誕生は、明るい光をもたらしてくれた。また、オンライン授業の時期を経て、再び教室で対面した学生たちのざわめきも、未来への希望のように思われる。

いつも余裕のない私を、あたたかく見守ってくださる森山晴美先生ほか新暦短歌会のみなさま、十月会、舟の会のみなさまをはじめ、公私にわたって私を支えてくださるすべてのみなさまに心からの感謝を申し上げます。

本歌集は港の人の上野勇治さんにお世話になりました。上野さんとの本づくりはさまざま合わせると四回目になりますが、美しい本を全力で作ってくださる姿勢がいつも印象的です。今回は、デザイナーの佐野裕哉さんが、魔法のように澄んだ奥行きのある姿を与えてくださいました。そして、博勝堂さんが柔らかく開きやすい本に仕上げてくださいました。みなさまの魂こもった手仕事に、敬意と感謝を捧げます。

お読みくださいまして、ありがとうございました。

この世を去っていった人びとの思いを継いで、新しい世代のためにも、戦争のない平和な世界を祈りつづけたいと思います。

二〇二四年四月二十三日

河路由佳

著者紹介

河路由佳─かわじ・ゆか

一九五九年生まれ。大学教員。

新暦短歌会会員、十月会会員、現代歌人協会会員、日本文藝家協会会員。

歌集・歌書に

『日本語農場』（一九九五、ながらみ書房）

『百年未来』（二〇〇〇、角川書店）

『魔法学校』（二〇〇八、角川書店）

『夜桜気質』（二〇一五、短歌研究社）

『河路由佳歌集』（二〇二一、砂子屋書房）

『三十一文字の日本語』（岩崎良子との共著、二〇〇〇、おうふう）

歌集　オレンジ月夜

新暦叢書58

二〇二四年五月二十七日初版第一刷発行

著者　河路由佳
装丁　佐野裕哉
発行者　上野勇治
発行　港の人
神奈川県鎌倉市由比ガ浜三―一一―四九
電話〇四六七―六〇―一三七四
ファックス〇四六七六〇一三七五
www.minatonohito.jp

印刷　創栄図書印刷
製本　博勝堂

ISBN978-4-89629-436-1